Rudolph Weigel

Eine kostbare Kupferstich-Sammlung in seltenen Abdrücken, avant la lettre, d'artiste et de remarque

Antigonos

Rudolph Weigel

Eine kostbare Kupferstich-Sammlung in seltenen Abdrücken, avant la lettre, d'artiste et de remarque

Unveränderter Nachdruck der Originalausgabe von 1867.

1. Auflage 2024 | ISBN: 978-3-38637-089-9

Antigonos Verlag ist ein Imprint der Outlook Verlagsgesellschaft mbH.

Verlag: Outlook Verlag GmbH, Zeilweg 44, 60439 Frankfurt, Deutschland, info@outlook-verlag.de
Vertretungsberechtigt: E. Roepke, Zeilweg 44, 60439 Frankfurt, Deutschland
Druck: Libri Plureos GmbH, Friedensallee 273, 22763 Hamburg, Deutschland

RUDOLPH WEIGEL'S KUNST-AUCTION.

Catalog

einer kostbaren

Kupferstich - Sammlung

in seltenen Abdrücken,

avant la lettre, d'artiste et de remarque

worunter

P. und F. Anderloni, Bettelini, Claessens, Desnoyers,
Dupont, Edelinck, Felsing, Forster, Gandolfi, Garavaglia,
Jesi, Lignon, Longhi, Mandel, Martinet, Massard, Mer-
curj, Morghen, J. G. v. Müller, Perfetti, Porporati,
Raimbach, Sharp, Steinla, Strange, Toschi,
Wille, Woollett etc.

welche

Montag den 11. März 1867

und folgende Tage

zu Leipzig

im R. Weigel'schen Kunst-Auctions-Lokal, Königsstr. No. 1

durch

Herrn Raths-Proclamator Engel

gegen baare Zahlung in Courant öffentlich versteigert werden.

Leipzig,

Druck von Bär & Hermann.

1867.

Kupferstiche

neuerer Meister, fast sämmtlich vor der Schrift,
und meist mit vollem Rande.

P. Adam.

1. Louis XVI. Almosen an die Armen austheilend im Winter
1788. L. Hersent p. gr. qu. fol.
    *Vor aller Schrift, nur mit den gerissenen Künstler-
    Namen und Wappen. Bis zum breiten Plattenrande be-
    schnitten.*

F. Ambrosi.

2. Portrait des Andrea Cesalpino. G. Longhi del. Medaillon. 4.
    Vor der Schrift, d. h. mit unausgefüllter Schrift.

F. Anderloni.

3. Mater amabilis. Sasso-Ferrato p. fol.
    *Schöner Abdruck vor der Schrift dieses seltenen Blat-
    tes, nur mit den Künstler-Namen. Etwas über den breiten
    Plattenrand beschnitten.*

4. Dilectus inter Filios. Madonna mit dem Kinde. Raphael
p. fol.
    Vor der Schrift, d. i. mit einer Zeile in Nadelschrift.

5. La sacra Famiglia. N. Poussin p. gr. fol.
    *Vor der Schrift, nur mit den Künstler-Namen u. dem
    Wappen und auf Chines. Papier. Sehr selten.*

6. Büste Alexander des Grossen; nach der Antike. fol.
    *Vor aller Schrift, selbst vor den Künstler-Namen. Sehr
    selten.*

7. Vittorio Alfieri. G. Bossi del. Medaillon. 4.
    Vor der Schrift, d. i. mit Nadelschrift.

8. Corelli. Medaillon. 4.
    Ebenso.

9. Andrea Doria. G. Longhi del. Medaillon. 4.
   Ebenso.

10. Maria Luisa d'Austria, Principessa di Toscana. V. Gozzini del. fol.
    Vor der Schrift, d. i. mit Nadelschrift.

P. Anderloni.

11. Moses am Brunnen, die Töchter Jethro's vertheidigend. N. Poussin p. qu. roy. fol.
    Guter erster Abdruck mit Tanner's Adresse.

12. Dasselbe Blatt.
    Schöner Abdruck vor der Schrift, d. h. mit einer Zeile in gerissener Schrift. Selten.

13. Dasselbe Blatt.
    Ebenso, jedoch bis zum Plattenrande beschnitten.

14. Die Ehebrecherin vor Christus. Tizian p. qu. roy. fol.
    Guter früher Abdruck mit Tanner's Adresse Gegenstück zum Vorigen.

15. Dasselbe Blatt.
    Schöner Abdruck vor der Schrift nur mit einer Linie Nadelschrift. Bis zum Plattenrande beschnitten.

16. Dasselbe Blatt.
    Im unvollendeten Probedrucke; ausser der Landschaft und der Architektur nur die linke Parthie der Gruppen mehr vollendet.

17. Das Urtheil Salomo's. Raphael p. imp. fol.
    Herrlicher Abdruck vor der Schrift, nur mit einer Linie in Nadelschrift u. vor dem Wappen. Selten.

18. Heliodor aus dem Tempel vertrieben. Raphael p. qu. imp. fol.
    Sehr schöner épreuve d'artiste vor aller Schrift, vor den Künstlernamen und mit dem weissen Ringe.

19. Attila vor Rom. Raphael p. qu. imp. fol.
    Herrlicher Abdruck vor aller Schrift, nur des Stechers Namen in Initialen P. A. f. geritzt. Sehr selten.

20. Dasselbe Blatt.
    Unvollendeter Probedruck, die Mehrzahl der Figuren noch in Contouren.

21. Büste des Demosthenes; nach der Antike. 4.
    Vor aller Schrift, selbst vor des Stechers Namen.

22. Scipione Maffei. P. Anderloni del. Medaillen. 4.
Vor der Schrift. d. i. mit Nadelschrift.

23. Dasselbe Blatt.
Vor aller Schrift. Sehr selten.

24. Leonardo da Vinci. G. Bossi del. Medaillon. 4.
Vor der Schrift, d. i. mit Nadelschrift.

Asioli.

25. Portrait Correggio's. Medaillon. 4.
Ebenso.

J. J. Avril (der Aeltere).

26. Venus rächt sich an Psyche. J. F. de Troy p. qu. fol.
Vor aller Schrift, nur mit den Künstlernamen.

J. J. Avril (Sohn).

27. Phädra und Hippolyt. J. P. Granger p. gr. qu. fol.
Vor der Schrift, mit einer Linie in Nadelschrift.

F. Bacon.

28. St. Johannes mit dem Lamm. E. Murillo p. gr. fol.
Epreuve d'Artiste, nur mit den gerissenen Künstler-
namen und dem Autograph des Stechers durch Bleistift
bezeichnet, auch auf Chines. Papier. Selten.

J. Bal.

29. La belle Jardinière. Raphael p. gr. fol.
Vorzüglicher Abdruck vor der Schrift.

P. Baquoy.

30. Montaigne besucht Tasso im Gefängniss. L. Ducis p.
gr. fol.
Vor der Schrift, d. i. mit einer Linie in Nadelschrift.

F. Bartolozzi.

31. Tod der Dido. G. B. Cipriani p. qu. fol.
Schöner Abdruck vor der Schrift, nur mit den gerisse-
nen Künstlernamen.

32. Clytia. H. Carracci p. gr. fol.
Vor der Schrift, mit den Künstlernamen und Wappen.
Bis zum Plattenrande beschnitten.

33. Tod des Lord Chatam in der Parlamentssitzung. J. S.
Copley p. qu. roy. fol.
Vor der Schrift, d. i. mit gerissener Dedication u. mit
der weissen Degenscheide. Bis zum Plattenrand beschnitten.

34. Gasparo Gozzi. Medaillon. 4.
Vor der Schrift, d. i. die Unterschrift mit der Nadel
gerissen.

35. Domenico Lazzarini. Medaillon. 4.
    Ebenso.

J. F. Bause.
36. Portrait des Ministers von Werder. P. Bardou p. fol.
    Keil 154.) Dritter Abdruck, vor der Schrift, nur
    mit dem Stechernamen.*

J. F. Beauvarlet.
37. La Lecture espagnole. C. Vanloo p. gr. fol.
    Schöner und sehr seltener Abdruck vor aller Schrift.

C. Becker.
38. Ecce homo. F. Teschner p. gr. fol.
    Epreuve d'Artiste, selbst vor dem Namen des Künstlers.
39. Franz Mieris; nach ihm selbst. 4.
    *Vor der Schrift, nur mit den gerissenen Künstlernamen
    und auf Chines. Papier.*

G. Beceni.
40. Pietro Bembo. G. Bossi del. Medaillon. 4.
    Vor der Schrift, d. h. mit Nadelschrift.
41. Petrarca. Idem del. Medaillon. 4.
    Ebenso.
42. Gian Battista dalla Porta. Idem del. Medaillon. 4.
    Ebenso.

G. Benaglia.
43. Cesare Beccaria. G. Bossi del. Medaillon. 4.
    Ebenso.
44. Graf Carlo Castone della Torre di Rezzonico. E. Vigée.
    Le Brun p. Medaillon. 4.
    Ebenso.
45. Alessandro Tassoni. G. Bossi del. Medaillon. 4.
    Ebenso.
46. Pietro Verri. G. Longhi del. Medaillon. 4.
    Ebenso.

G. Beretta.
47. Carl VIII. von Frankreich besucht den kranken Galeazzo
    Sforza in Pavia. Palagio Palagi p. gr. qu. fol.
    *Sehr schöner Abdruck vor aller Schrift, vor den Künst-
    lernamen, nur mit dem Wappen.*

——— ——

    *) Catalog des Kupferstichwerkes von J. F. Bause. Von Dr. G.
Keil. Leipzig 1849.

J. Bernardi.

48. Christus und die Jünger zu Emaus. A. Appiani p. gr. qu. fol.

Schöner Abdruck vor der Schrift, nur mit den Künstlernamen und Wappen.

49. Dasselbe Blatt.

Vorzüglicher Abdruck vor aller Schrift, nur mit dem gerissenen Stechernamen in der Mitte.

50. Andrea Palladio. V. Raggio del. fol.

Vor der Schrift, d. i. mit Nadelschrift.

51. Vitruvio Pollioni. Idem del. fol.

Ebenso.

52. Sebastiano Serlio. Idem del. fol.

Ebenso.

53. M. G. Barozzi da Vignola. Idem del. fol.

Ebenso.

Vorstehende Blätter bilden eine Folge.

G. Berselli.

54. Mars et Venus. F. Guercino p. gr. qu. fol.

Vor der Schrift, nur mit den Künstlernamen.

A. Bertini.

55. Die Geburt Christi (invenerunt Mariam et Joseph et Infantem etc.). B. Garofolo p. roy. fol.

Vor der Schrift, d. h. mit Nadelschrift. Schön und selten.

P. Bettelini.

56. Maria mit dem Kinde und dem Vogel. F. Guerrino p. Oval gr. fol.

Seltener Abdruck vor aller Schrift.

57. Die heilige Magdalena. B. Schidone p. gr. fol.

Aeusserst seltener Epreuve d'artiste mit der weissen Blume und vor aller Inschrift selbst vor den Künstlernamen. Sehr schön.

E. Bisi.

58. Gaetana Agnesi. M. Longhi del. Medaillon. 4.

Vor der Schrift, d. i. mit Nadelschrift.

59. Vittoria Colonna. Idem del. Medaillon. 4.

Ebenso.

M. Bisi.

60. Maria auf dem Halbmonde von zwei Engeln verehrt. Guido Reni p. roy. fol.

Epreuve de Remarque, mit den gerissenen Künstlernamen

und der vom Autor absichtlich offen gehaltenen weissen untern Ecke. Sehr selten.

61. Maria mit dem Kinde, umgeben von St. Antonius und Sta. Barbara. B. Luini p. gr. fol.
Vorzüglicher Abdruck vor der Schrift, mit den Künstlernamen und einer Reihe offener Schrift. Mit einigen gelben Flecken.

62. Venus et Amor. A. Appiani p. gr. fol.
Sehr schöner Abdruck vor der Schrift, d. h. mit offener Schrift, und auf Chines. Papier.

63. Lodovico Ariosto. Medaillon. 4.
Vor der Schrift, d. h. mit Nadelschrift.

64. Amerigo Vespucci. G. Longhi del. Medaillon. 4.
Ebenso.

J. P. Bittheuser.

65. Das Abendmahl. Leonardo da Vinci p. gr. qu. fol.
Vor der Schrift.

A. Blanchard (Vater).

66. Elisabeth von Bourbon. P. P. Rubens p. fol.
Schöner Abdruck vor der Schrift, nur mit den Künstlernamen und auf Chines. Papier.

B. Bordiga.

67. Francesco Redi. G. Longhi del. Medaillon. 4.
Vor der Schrift, d. h. mit Nadelschrift.

J. Browne.

68. Der Marktweg. P. P. Rubens p. gr. qu. fol.
Vor aller Schrift, nur mit den Künstlernamen und dem Wappen. Bis zum Plattenrande beschnitten.

69. Adonis von Venus entführt. H. van Swanevelt p. gr. qu. fol.
Vorzüglicher Abdruck vor der Schrift, d. h. mit Nadelschrift.

V. della Bruna.

70. Enrico Dandolo. fol.
Vor aller Schrift. Mit der handschriftlichen Dedication des Stechers an seinen Freund Calendi. Auf Chines. Papier.

71. Sibylla Erithrea. D. Dominichino p. 4.
Vor der Schrift, d. h. mit Nadelschrift.

72. Die Verehrung des Christkindes durch Maria. A.
Correggio p. fol.
*Vor der Schrift, nur mit den Künstlernamen und dem
Wappen.*

73. Dasselbe Blatt.
*Remarque-Abdruck mit den weissen Blumen und vor
den Künstlernamen. Selten.*

L. Buchhorn.

74. Christus das Brod segnend. C. Dolce p. fol.
*Vor der Schrift, d. h. mit Nadelschrift. Mit wenig
Papierrand.*

75. Dr. G. L. Spalding. Oval fol.
Vor aller Schrift. Ohne Plattenrand.

G. Buonafede.

76. La Speranza. Guido Reni p. fol.
*Epreuve d'Artiste vor aller Schrift, nur mit dem ge-
rissenen Stechernamen und auf Chines. Papier.*

J. Burnet.

77. Die Schlacht bei Waterloo. J. A. Atkinson und A.
W. Davis p. gr. qu. fol.
Vor der Schrift, d. h. mit Nadelschrift.

L. Calamatta.

78. Madonna della Sedia. Raphael p. Rund gr. fol.
*Schöner Abdruck vor der Schrift, nur mit den Künst-
lernamen.*

79. Voeu de Louis XIII. Ingres p. gr. fol.
Vor der Schrift, d. h. mit Nadelschrift.

80. Graf Molé. Ingres p. gr. fol.
*Vor der Schrift, d. h. mit Nadelschrift, und auf
Chines. Papier.*

81. Herzog Ferdinand von Orleans. Kniestück. Idem p.
gr. fol.
*Vor aller Schrift, nur mit den punktirten Künstler-
namen und auf Chines. Papier.*

F. Caporali.

82. Maria mit dem Kinde. E. E. Stuntz p. fol.
Vor aller Schrift, nur mit den Künstlernamen.

83. Das Blindekuhspiel. N. Poussin p. qu. fol.
*Vor aller Schrift, nur mit den gerissenen Künstler-
namen dieses von Longhi vollendeten Blattes.*

84. Andrea Appiani.   G. Pagani del.   Medaillon.   4.
Vor der Schrift, d. h. mit Nadelschrift.

P. Caronni.

85. 4 Bl. Raub der Europa.   A. Appiani p.   imp. fol.
*Folge von 4 Blättern in sehr schönen Abdrücken vor
aller Schrift, theils vor, theils mit den klein geritzten
Künstlernamen und den Initialen.   1 Blatt auf Chines.
Papier.   Sehr selten.*

86. Gaetano Filangieri.   G. Longhi del.   Medaillon.   4.
Vor der Schrift, d. h. mit Nadelschrift.

87. Angelo Fumagalli.   Idem del.   Medaillon.   4.
Ebenso.

88. Francesco Guicciardini.   Idem del.   Medaillon.   4.
Ebenso.

89. Pietro Metastasio.   Medaillon.   4.
Ebenso.

90. Andrea Palladio.   G. Longhi del.   Medaillon.   4.
Ebenso.

91. Torquato Tasso.   Idem del.   Medaillon.   4.
Ebenso.

J. Caspar.

92. Mater dolorosa (et tuam ipsius animam pertransibit
gladius).   F. Francia p.   4.
Ebenso und auf Chines. Papier.

93. St. Antonius von Padua mit dem Christkind.   E. Murillo p.   fol.
*Vorzüglicher Abdruck vor aller Schrift, nur mit den
geritzten Künstlernamen und auf Chines. Papier.*

94. Sta. Barbara.   Boltraffio p.   gr. fol.
*Schöner Abdruck vor aller Schrift, nur mit den Künst-
lernamen und auf Chines. Papier.*

95. Thomas von Savoyen.   A. van Dyck p.   fol.
Vor aller Schrift, nur mit einer Zeile Nadelschrift.

96. Mendelssohn-Bartholdy.   W. Hensel p.   fol.
*Vor der Schrift, nur mit den Künstlernamen und auf
Chines. Papier.*

97. Dasselbe Blatt.
*Epreuve d'Artiste vor aller Schrift, die Künstlerna-
men gerissen, und auf Chines. Papier.*

J. Chollet.
98. J'ai perdu, oder die Frau bei der Lotterie.   J. A.
Roehn p. gr. fol.
Vor aller Schrift, nur mit den gerissenen Künstlernamen.
99. L'Orphelin. Idem p. gr. fol.
Ebenso und Gegenstück zum Vorigen.

G. Cipriani.
100. St. Peter und St. Paul. Guido Reni p. gr. fol.
Sehr schöner Abdruck vor der Schrift, d. i. mit Na-
delschrift.
101. Tiziano Vecelli. G. Bossi del. Medaillon. 4.
Vor der Schrift, d. i. in Nadelschrift.

L. A. Claessens.
102. La Femme hydropique. G. Dow p. roy. fol.
Schöner Abdruck vor der Schrift, d. h. mit einer Zeile
Nadelschrift dieses Capitalblattes.

J. F. Clemens.
103. Der Tod des General Montgomery. J. S. Trumbull p.
qu. roy. fol.
Capitalblatt in schönem Abdruck vor der Schrift, d. i.
mit einer Zeile Nadelschrift. Selten.
Die Gegenstücke siehe unter J. G. v. Müller und Sharp.

G. Cozzi.
104. Angelo Poliziano. G. Longhi del. Medaillon. 4.
Vor der Schrift, d. i. mit Nadelschrift.

A. Dalco.
105. Salvator Mundi. A. del Sarto p. fol.
Schöner Abdruck vor der Schrift, nur mit den Künst-
lernamen.

V. Desclaux.
106. Les Moissonneurs. L. Robert p. qu. fol.
Vor der Schrift, nur mit den Künstlernamen und auf
Chines. Papier.
107. Les Pêcheurs de l'Adriatique. Idem p. qu. fol.
Ebenso.

A. B. Desnoyers.
108. La Vierge au Poisson. Raphael p. qu. fol.
Vor der Schrift, d. h. mit Nadelschrift. Schön und
sehr selten.
109. Die Transfiguration. Idem p. roy. fol.
Prächtiger Abdruck vor · der Schrift, d. h. mit einer
Zeile Nadelschrift.

110. Franz I. von Frankreich und seine Schwester Marga-
rethe von Navarra. F. Richard p. gr. fol.
Vor der Schrift, d. i. mit Nadelschrift.

Dupont-Henriquel.

111. Moses als Kind auf dem Nil ausgesetzt. P. Dela-
roche p. fol.
Epreuve d'Artiste vor aller Schrift und auf Chines.
Papier.

112. 3 Bl. Hemicycle du Palais des Beaux-Arts zu Paris.
P. Delaroche p. qu. imp. fol.
Kostbares Exemplar in Epreuve-d'Artiste, vor aller
Schrift, selbst vor den Künstlernamen, vom Verleger als
„derniers Essais" mit Dinte bezeichnet und auf Chines.
Papier.

R. Earlom.

113. Calisto mit Liebesgöttern. A. van Dyck p. Schwarzkunst. gr. qu. fol.
Vor der Schrift, nur mit den gerissenen Künstlerna-
men und dem Wappen.

114. Agrippina mit der Asche des Germanicus in Brundu-
sium landend. B. West p. Schwarzkunst. gr. qu. fol.
Abdruck vor der Schrift, d. i. die Unterschrift und
Künstlernamen mit der Nadel gerissen. Unten etwas
über den Plattenrand beschnitten.

G. Edelinck.

115. Die grosse heilige Familie. Raphael p. gr. fol.
Robert-Dumesnil 4.
Schöner und seltener Abdruck vor dem Colbert'schen
Wappen.

E. Eichens.

116. Christus als Tröster. C. Begas p. gr. qu. fol.
Epreuve d'Artiste in sehr schönem Abdruck vor aller
Schrift, nur mit den geritzten Künstlernamen.

117. Homer seine Gesänge den Griechen vortragend. W. v.
Kaulbach p. qu. roy. fol.
Epreuve d'Artiste vor aller Schrift, nur mit dem ge-
ritzten Stechernamen und auf Chines. Papier.

118. Friedrich II. und seine Schwester Friederike Sophie
Wilhelmine, als Kinder. A. Pesne p. fol.
Vor aller Schrift, nur mit den Künstlernamen und
auf Chines. Papier.

119. Dasselbe Blatt.
Seltener Remarque-Abdruck vor aller Schrift, unterhalb des Stiches die Figur Friedrich II. mit zwei Windspielen radirt.

H. Eichens.

120. Portrait des Bildhauer Rauch. L'Allemand del. Mezzotinto. fol.
Schöner Abdruck vor der Schrift, nur mit den Künstlernamen.

M. Esquivel de Sotomayor.

121. Carl Du Jardin. Nach ihm selbst. fol.
Vor der Schrift, nur mit den Maler- und Stechernamen.

122. Dasselbe Blatt.
Vor aller Schrift, selbst vor den Künstlernamen.

123. Madonna dell' Impannata. Raphael p. gr. fol.
Vor der Schrift, d. h. nur mit einer Linie in gerissener Schrift.

124. Dasselbe Blatt.
Vor aller Schrift, selbst vor den Künstlernamen.

A. Fabri.

125. Der Prophet Daniel. Aus der Sixtinischen Capelle zu Rom. Michel Angelo p. imp. fol.
Vorzüglicher Abdruck, nur mit den Künstlernamen. Bis zum Plattenrand beschnitten.

Th. Falckeysen.

126. Tod des General Wolf. B. West p. gr. qu. fol.
Abdruck vor der Schrift, d. i. mit angelegter Schrift, und auf Chines. Papier.

A. Fauchery.

127. Valentine von Mailand. F. F. Richard p. fol.
Vor der Schrift, d. i. mit Nadelschrift. Unterhalb des Plattenrandes zwei sorgfältig ausgebesserte Risse.

J. Felsing.

128. Die Aussetzung Moses. C. Köhler p. gr. qu. fol.
Seltener Remarque-Abdruck vor aller Schrift, vor dem Stechernamen und mit den weissen Wasserblumen.

129. Christus am Oelberge. C. Dolce p. fol.
Schöner Abdruck vor der Schrift, nur mit den Künstlernamen.

130. Dasselbe Blatt.

In herrlichsten Epreuve d'Artiste, vor aller Schrift, selbst vor den Künstlernamen.

131. Der todte Christus in der Grabeshöhle. H. Mücke p. qu. fol.

Vortrefflicher Epreuve d'Artiste, vor aller Schrift und auf Chines. Papier.

C. Ferrari.

132. Apotheose des heil. Carl Borromeo. C. Maratti p. gr. fol.

Herrlicher Abdruck vor aller Schrift, selbst vor den Künstlernamen, nur mit dem trockenen Stempel des Stechers versehen.

A. Fioroni.

133. Die heilige Familie, bekannt unter dem Namen: Riposo in Egitto. Raphael p. gr. fol.

Vor der Schrift, d. h. mit einer Linie unausgefüllter Schrift und auf Chines. Papier.

134. Dasselbe Blatt.

Vor der Schrift, nur mit den Künstlernamen.

135. Dasselbe Blatt.

In sehr seltenen Epreuve d'Artiste, vor aller Schrift.

G. Folo.

136. Mater dolorosa Sassoferrato p. gr. fol.

Vor der Schrift, d. i. mit offener Schrift. Sehr schön.

137. Triumphzug des Silen. P. P. Rubens. gr. qu. fol.

Vor aller Schrift, selbst vor den Namen der Künstler.

138. Danaë auf dem Ruhebette. Tizian p. qu. roy. fol.

Vor der Schrift, d. h. mit gerissener Schrift.

P. Folo.

139. Vermählung der Maria. (Sposalizio.) Raphael p. roy. fol.

Capitalblatt vor der Schrift, d. i. mit den 4 Versen in gerissener Schrift.

140. Dasselbe Blatt.

Vor aller Schrift, nur mit den Künstlernamen.

141. Ecce Homo. F. Guercino p. gr. fol.

Vor der Schrift, d. i. die Unterschrift gerissen. Sehr schön.

P. Fontana.

142. Caritas nach Canova. fol.

Vor der Schrift, nur mit den gerissenen Künstlernamen.

F. Forster.

143. La Vierge à la Legende. Raphael p. gr. fol.
Sehr schöner Abdruck vor der Schrift, nur mit der Stempelnummer 107.

144. Aurora und Cephalus. P. Guerin p. fol.
Vor der Schrift, d. i. mit geritzten Künstlernamen. Bis über den Plattenrand beschnitten.

A. François.

145. Pic de la Mirandole. P. Delaroche p. qu. fol.
Vor der Schrift, nur mit den Künstlernamen.

146. Tizian. Tizian p. fol.
Vor der Schrift, nur mit den Künstlernamen, sehr schön.

G. Fusinati.

147. Die reuige Magdalena. Titian p. gr. fol.
Vor der Schrift, nur mit den Künstlernamen und dem Wappen.

148. Dasselbe Blatt.
Vor aller Schrift, nur mit dem geritzten Stechernamen.

149. Dasselbe Blatt.
In kostbaren Epreuve d'Artiste, selbst vor dem Stechernamen.

A. Gajani.

150. Balthasar Castiglione. G. Longhi del. Medaillon. 4.
Vor der Schrift, d. i. die Unterschrift mit der Nadel gerissen.

S. Gallina.

151. Die heillge Magdalena mit dem Salbgefässe. Carlo Dolce p. fol.
Vor der Schrift, nur mit den Künstlernamen.

M. Gandolfi.

152. Judith mit dem Haupte des Holofernes. C. Allori p. gr. fol.
Vor der Schrift, nur mit einer Linie in Nadelschrift.

153. Das Christuskind in der Krippe. Nach Gandolfi's eigener Zeichnung. qu. fol.
Vor der Schrift, d. i. die Unterschrift mit der Nadel gerissen.

154. Die heilige Cäcilie. Raphael p. roy. fol.
Epreuve de Remarque, vor aller Schrift, nur mit den gerissenen Künstlernamen, mit der weissen Schelle am Tambourin und auf Chines. Papier.

155. Educazione di Amore　P. Palagi p.　Rund gr. fol.
Vor der Schrift, d. i. mit offener Schrift und dem Wappen.

156. Dasselbe Blatt.
In sehr seltenen Epreuve de Remarque, vor aller Schrift, vor des Stechers Namen, mit den weiss gebliebenen Stellen der Pfeile im Köcher.

157. Der schlafende Amor unter einem Zelte.　qu. fol.
Vor der Schrift, d. i. mit Nadelschrift.

158. Dasselbe Blatt.
In höchst seltenen Epreuve de Remarque, vor aller Schrift, mit dem geritzten Stechernamen in der Mitte des Blattes und der weissen Zehe am rechten Fusse des Amor. Neunter Probedruck.

G. Garavaglia.

159. Jacob und Rahel.　A. Appiani p.　imp. fol.
Schöner Abdruck vor der Schrift, d. i. blos mit einer Zeile in Nadelschrift und. mit dem Wappen.

160. David mit dem Haupte des Goliath.　F. Guercino p.　fol.
Vor der Schrift, d. i. mit einer Zeile in Nadelschrift.

161. Dasselbe Blatt.
In höchst seltenen Epreuve de Remarque, vor aller Schrift, vor den Künstlernamen, mit der weissen Agraffe am Barette des David.

162. Madonna della Sedia.　Raphael p.　Rund gr. fol.
Guter Abdruck eines Hauptblattes, vor der Retouche.

163. Verbum, Caro factum, das Christuskind von St. Johannes verehrt.　C. Maratti p.　qu. fol.
Kostbarer Abdruck vor der Schrift, d. i. mit einer Zeile in Nadelschrift.

164. Die Tochter der Herodias mit dem Haupte Johannes des Täufers.　B. Luini p.　qu. fol.
Aeusserst seltener Epreuve d'Artiste, vor aller Schrift, selbst vor dem Künstlernamen.

165. Die heilige Magdalena mit dem Salbgefässe.　Carlo Dolce p.　fol.
Vor aller Schrift, nur mit den geritzten Künstlernamen.

166. Dasselbe Blatt.
Sehr seltener Epreuve de Remarque, vor aller Schrift, selbst vor dem Stechernamen, mit der weissen Perle am Schmucke.

167. Die Himmelfahrt der Maria. Guido Reni p. imp. fol.
Seltener Abdruck vor der Schrift, d. i. mit einer Zeile in Nadelschrift und vor dem Wappen dieses, von Faustino Anderloni beendeten Blattes.

168. Beatrice Cenci. Guido Reni p. fol.
Vor der Schrift, d. i. mit einer Zeile in Nadelschrift. Schön und selten.

169. Dante. G. Bossi del. Medaillou. 4.
Vor der Schrift, d. i. mit Nadelschrift.

170. Francesco de Marchi. G. Bossi del. Medaillon. 4.
Ebenso.

171. Maria Teresa d'Austria, Principessa di Savoja-Carignano. V. Gozzini del. 4.
Ebenso.

172. Lodovico Antonio Muratori. G. Longhi del. Medaillon. 4.
Ebenso.

173. Giuseppe Parini. G. Garavaglia del. Medaillon. 4.
Ebenso.

174. Antonio Scarpa. 4.
In seltenem Abdrucke vor aller Schrift, nur mit den geritzten Künstlernamen.

175. Dasselbe Blatt.
In äusserst seltenen Epreuve d'Artiste, vor aller Schrift, selbst vor dem Namen des Stechers.

Gemani.

176. Benvenuto Cellini. G. Longhi del. Medaillon. 4.
Vor der Schrift, d. i. mit Nadelschrift.

V. Giaconi.

177. Fra Paolo Sarpi. Th. Matteini del. Medaillon. 4.
Ebenso.

J. Godefroy.

178. Ossian's Traum. F. Gerard p. qu. roy. fol.
Vor aller Schrift, nur mit den geritzten Künstlernamen.

C. Gonzenbach.

179. Wilhelm Tell droht dem Landvogt Gessler. L. Vogel
p. gr. qu. fol.
> *Vor der Schrift, d. i. mit Nadelschrift. Das Blatt
> ist von J. Lips vorradirt.*

R. Granara.

180. Madonna della Sedia. Raphael p. Rund 4.
> *Vor aller Schrift, nur mit den Künstlernamen.*

A. Gravagni.

181. Ferdinand I., Kaiser von Oesterreich, in ganzer Figur
im Ornat. Molteni p. gr. qu. fol.
> *Vor aller Schrift, nur mit den Künstlernamen.*

V. Green.

182. Der Kindermord. H. Carracci p. Schwarzkunst.
qu. fol.

C. Guerin.

183. Der Engel führt den jungen Tobias. Raphael p. gr. fol.
> *Vor aller Schrift, nur mit den geritzten Künstlernamen.*

H. Guttenberg.

184. Le bon Ménage. C. Bega p. Aus dem Musée Napoleon. fol.
> *Nur mit den Initialen des Stechers.*

185. Der Scheerenschleifer. D. Teniers p. fol.
> *Ebenso.*

186. Die Kartenspieler. D. Teniers p. gr. fol.
> *Ebenso.*

M. Haas.

187. Abraham weist Hagar mit ihrem Sohne von sich. G.
Flink p. gr. qu. fol.
> *Vorzüglicher Abdruck vor aller Schrift, nur mit dem
> gerissenen Künstlernamen und dem Wappen.*

C. F. Hasting.

188. Portrait des Maler Giotto (?). C. Sohn p. fol.
> *Vor aller Schrift.*

A. Heinze.

189. Tebaldeo, Freund Raphael's und berühmter Violinspieler.
Raphael p. 4.
> *Vor der Schrift, nur mit den Künstlernamen. Mit
> unbeschnittenem Rande.*

190. Dasselbe Blatt.
> *Vor aller Schrift.*

E. Henne.

191. Tod der Iphigenia. Carl Vanloo p. gr. qu. fol.
Vor der Schrift, d. i. mit Nadelschrift.

192. Dasselbe Blatt.
Vor aller Schrift, selbst vor den Künstlernamen. Ueber den Plattenrand beschnitten.

A. Hoffmann.

193. Die Wiedererkennung Joseph's durch seine Brüder. P. v. Cornelius p. gr. qu. fol.
Schöner unvollendeter Abdruck, vor aller Schrift und vor den Künstlernamen und auf Chines. Papier.

194. Agar und Ismael in der Wüste. E. Steinbrück p. Düsseldorfer Kunstvereinsblatt. fol.
Vor der Schrift, d. i. nur mit den Namen des Malers und Stechers in gerissener Schrift.

195. Die heilige Familie mit dem Wasserbecken. Giulio Romano p. fol.
Sehr schöner Abdruck, vor der Schrift, nur mit den Künstlernamen und auf Chines. Papier.

196. Pifferari. Th. Hildebrandt p. fol.
Vor der Schrift, nur mit den gerissenen Künstlernamen. Auf Chines. Papier.

197. Das Blumenmädchen. E. Magnus p. fol.
Vor der Schrift, nur mit den gerissenen Künstlernamen. Auf Chines. Papier.

198. Dasselbe Blatt.
Vor aller Schrift, selbst vor den Künstlernamen, vom Stecher bleistiftlich bezeichnet und auf Chines. Papier. Sehr schön.

Ch. Jeanneret.

199. Das Abendmahl. Raphael p. qu. fol.
Vor der Schrift, die Künstlernamen mit der Nadel gerissen.

S. Jesi.

200. Die Verstossung Hagar's. F. Guercino p. qu. fol.
Herrlicher Abdruck vor der Schrift, d. i. die Unterschrift mit der Nadel gerissen und mit dem Wappen.

201. Vierge à la Vigne. P. Delaroche p. gr. fol.
Vor der Schrift, d. i. nur mit den gerissenen Künstlernamen. Sehr schön.

202. Leo X. mit den beiden Cardinälen Rossi und Medici.
Raphael p. roy. fol.
*Probedruck vor Vollendung der linken Parthie auf
dem Tische, d. h. Hände, Glocke, Buch und Lampe,
welche indess sämmtlich in Contouren angelegt sind. Der
Abdruck trägt vom Autor die Bezeichnung: épreuve de
travail non achevée S. J.*

203. Fracastoro. G. Longhi del. Medaillon. 4.
Vor der Schrift, d. i. mit Nadelschrift.

204. Thomas von Aquino. Medaillon. 4.
Ebenso.

Isác von Parma.
205. Cosimo Medici. G. Longhi del.. Medaillon. 4.
Vor der Schrift, d. i. mit Nadelschrift.

J. Keller.
206. Die Jungfrau Maria, mit dem Kinde auf Wolken. E.
Deger p. roy. fol.
Vor der Schrift, d. i. nur mit den Künstlernamen.

J. S. Klauber.
207. Minister Herzberg. F. Schroeder p. fol.
*Vor der Schrift, d. i. mit offener Schrift. Mit einer
Papierfalte.*

208. Dasselbe Blatt.
Vor aller Schrift, selbst vor den Künstlernamen. Ebenso.

209. Caspar Netscher, nach ihm selbst. fol.
*Vor der Schrift, d. i. nur mit den Künstlernamen und
dem Wappen und auf Chines. Papier.*

210. Portrait eines Mathematikers. F. Bol p. fol.
*Vor aller Schrift, nur mit den Initialen des Stechers
und auf Chines. Papier.*

F. Knolle.
211. Die heilige Magdalena in der Einöde. A. Correggio
p. gr. qu. fol.
*Vor der Schrift, nur mit den gerissenen Künstlernamen
und auf Chines. Papier. Sehr schön.*

212. Die Söhne Eduard's. Th. Hildebrandt. gr. qu. fol.
Vor der Schrift, d. i. mit Nadelschrift u. dem Wappen.

C. Krukenberg.
213. Madonna della Sedia. Raphael p. Rund fol.
*Vor der Schrift, d. i. die Unterschrift mit der Nadel
gerissen. Der Stich von F. Knolle beendet.*

E. Lapi.

214. Dormivi conturbatus (das schlafende Christuskind unter Rosen). F. Albani p. qu. fol.
Vor der Schrift, d. i. die Unterschrift mit der Nadel gerissen.

J. N. Laugier.

215. Jacques Delille, in ganzer Figur recitirend. P. Danloux p. gr. fol.
Vor der Schrift, d. i. nur mit gerissener Schrift. Sehr schön.

A. Lefèvre.

216. Immaculée Conception. E. Murillo p. Nach dem Bilde im Louvre. roy. fol.
Seltener, sehr schöner Abdruck vor der Schrift, nur mit den Künstlernamen u. auf Chines. Papier.

N. A. Leisnier.

217. La Fornarina. Raphael p. fol.
Ebenso.

J. M. Leroux.

218. Sta. Maria mit den Engeln nach E. Murillo's Bild in Soult's Gallerie. roy. fol.
Seltener Abdruck vor der Schrift, nur mit den gerissenen Künstlernamen.

F. Lignon.

219. La Vierge au Poisson. Raphael p. gr. fol.
Vor der Schrift, d. h. mit offener Schrift.

220. Die heilige Cäcilie. D. Dominichino p. fol.
Vor der Schrift, d. h. die Unterschrift mit der Nadel gerissen. Etwas gebräunt.

221. Dasselbe Blatt.
In äusserst seltenen Abdruck vor aller Schrift, selbst vor den Künstlernamen, und auf Chines. Papier.

222. Grossherzog Ludwig von Baden. E. Zoll p. 4.
Vor der Schrift, d. h. die Unterschrift mit der Nadel gerissen.

223. Mad. de Genlis. M. de Chéradame p. 4.
In seltenen Abdruck vor aller Schrift.

224. Herzog von Richelieu. T. Lawrence p. fol.
Vor aller Schrift.

A. Locatelli.

225. Daniel in der Löwengrube. P. P. Rubens p. gr. qu. fol.

Schöner Abdruck vor der Schrift, d. i. mit einer Linie gerissener Schrift und mit dem Wappen.

226. Carlo Goldoni. Medaillon. 4.

Vor der Schrift, d. h. dieselbe mit der Nadel gerissen.

G. Longhi.

227. Das berühmte Sposalizio (Vermählung Mariä). Raphael p. roy. fol.

Guter Abdruck mit der Schrift am Tempel und mit der Retouche.

228. Dasselbe Blatt.

Vor der Retouche und vor der Inschrift am Tempel.

229. Dasselbe Blatt.

Ebenso, jedoch mit der Stahlnummer 436 und mit dem vollen Papierrande.

230. Dasselbe Blatt.

Ebenso und mit der Stahlnummer 94.

231. Dasselbe Blatt.

Vor der Schrift, nur mit den vier Versen in Nadelschrift. Sehr schön und selten.

232. Dasselbe Blatt.

Im unvollendeten, seltenen Probedrucke. Das Brautgeleite der Männer ist theilweise noch in Contouren befindlich, wie Gesichte, Hände, Kleidung des St. Josephs und des neben ihm den Stab berührenden Jünglings.

233. La Madonna del Velo. Raphael p. gr. fol.

Vor der Schrift, d. i. mit den Künstlernamen und dem Wappen. Mit der Vollendung der Platte durch Toschi.

234. Dasselbe Blatt.

Vor aller Schrift, vor den Künstlernamen und dem Wappen und vor Toschi's Vollendung.

235. Nunc ego mitto etc. (die heilige Familie mit St. Johannes). Idem p. gr. fol.

Vor der Schrift, d. i. mit einer Linie in gerissener Schrift.

236. Dasselbe Blatt.

Vor aller Schrift, nur mit den geritzten Künstlernamen, und auf Chines. Papier. Sehr selten.

237. La Madonna del Lago. Leonardo da Vinci inv. und Marco d'Oggiono p. Rund fol.

Vor der Dedication.

238. Die Verkündigung an die Hirten. G. Flinck p. Radirt. gr. fol.
Vor der Schrift, d. h. die Künstlernamen gerissen.

239. Der barmherzige Samariter. Rembrandt p. Radirt. gr. fol.
Schöner Abdruck vor aller Schrift, nur mit den klein geritzten Künstlernamen.

240. Die Enthauptung Johannes des Täufers. G. Dow p. Radirt. gr. fol.
Seltener Abdruck vor aller Schrift, nur mit dem klein geritzten Stechernamen.

241. Die Grablegung Christi. Dan. Crespi p. gr. fol.
Herrlich radirtes Blatt vor aller Schrift, nur mit den klein geritzten Künstlernamen.

242. St. Hieronymus. Idem p. fol.
Vor aller Schrift, nur mit dem geritzten Stechernamen.

243. 2 Bl. Die beiden, Betrachtungen anstellenden, Philosophen. Rembrandt p. Radirt. gr. fol.
Schöne Abdrücke vor aller Schrift.

244. Der Triumphzug des Scipio Africanus. P. Perino del Vaga p. gr. qú. fol.
Vor aller Schrift, nur mit den Künstlernamen. Schön und sehr selten.

245. Pan und Syrinx. Radirt. qu. fol.
Epreuve d'Artiste vor aller Schrift.

246. Andrea Appiani. Medaillon. 4.
Vor der Schrift, d. h. nur mit dem klein geritzten Stechernamen.

248. Eugène Beauharnais, Vicekönig von Italien, in stehender Figur. F. Gerard p. roy. fol.
Höchst seltene Epreuve d'Artiste dieses schön gestochenen Blattes vor aller Schrift, mit den Stempeln Longhi's und Beauharnais' versehen. Letzterer befindet sich nur auf den Exemplaren, die von B. zum Geschenk gemacht wurden. Unten bis zum Plattenrand beschnitten.

249. Baron Brudern. 4.
Mit Nadelschrift.

250. Enrico Dandolo. Matteini del. Medaillon. 4.
Vor der Schrift, d. i. mit Nadelschrift.

251. Dasselbe Blatt.

Vor aller Schrift, nur mit den klein geritzten Künstlernamen.

252. Napoleon mit der eisernen Krone. Medaillon. 4.

Vor der Schrift, d. h. mit den gerissenen Anfangsbuchstaben des Dargestellten und dem Stechernamen.

253. George Washington. 4.

Epreuve d'Artiste vor aller Schrift, selbst vor dem Stechernamen. Sehr selten.

G. Lüderitz.

254. A. Thorwaldsen. F. Krüger del. Mezzotinto. gr. fol.

Vor der Schrift, d. i. mit den gerissenen Künstlernamen.

E. Mandel.

255. Madonna della Sedia. Raphael p. Rund roy. fol.

Vor der Schrift, nur mit den Künstlernamen und auf Chines. Papier.

256. Dasselbe Blatt.

Vorzüglicher Epreuve d'Artiste vor aller Schrift, nur mit des Stechers klein gerissenem Namen und auf Chines. Papier.

257. Christus. „Oh Jerusalem." Ary Scheffer p. gr. fol.

Seltener Epreuve d'Artiste vor aller Schrift, nur mit dem klein geritzten Stechernamen und der Jahreszahl, auf Chines. Papier.

258. Ecce Homo. G. Reni p. Oval fol.

Vor der Schrift, d. i. mit den gerissenen Künstlernamen.

259. Die Loreley. C. Begas p. gr. fol.

Vor der Schrift, d. h. nur mit den gerissenen Künstlernamen.

260. Dasselbe Blatt.

Ein sehr seltener Epreuve d'Artiste vor aller Schrift, nur mit dem klein geritzten Stechernamen.

261. Spielende Kinder. E. Magnus p. gr. fol.

Vor der Schrift, d. i. mit den gerissenen Künstlernamen und auf Chines. Papier. Sehr schön.

262. La Vedova. L. Robert p. gr. fol.

Vor der Schrift, d. h. mit den gerissenen Künstlernamen.

263. Dasselbe Blatt.

Epreuve d'Artiste vor aller Schrift, nur mit des Stechers

Namen in der Mitte des Blattes in gerissener Schrift, und auf Chines. Papier.

264. Elisabeth, Königin von Preussen. J. Stieler p. fol.

Vor der Schrift, nur mit den gerissenen Künstlernamen und auf Chines. Papier. Das Blatt trägt die handschriftliche Dedication des Stechers an Knoblauch.

265. Friedrich Wilhelm IV. König von Preussen. J. S. Otto p. fol.

Epreuve d'Artiste vor aller Schrift, nur mit dem klein geritzten Stechernamen und der Jahreszahl.

266. Friedrich II., den Hut in der Hand haltend. L. Wolff del. fol.

Vor der Schrift, d. h. nur mit dem Stechernamen. Sehr selten.

267. Tizian. Se ipse p. fol.

Vor der Schrift, d. i. nur mit den Künstlernamen und auf Chines. Papier.

268. Dasselbe Blatt.

Ein sehr seltener Epreuve d'Artiste vor aller Schrift, mit weisser Tablette, dem geritzten Stechernamen und auf Chines. Papier.

269. Banquier Weichsel zu Magdeburg. C. Sieg del. fol.

Ein nie in den Handel gekommenes Blatt mit den gerissenen Namen des Stechers und Zeichners.

P. Marchetti.

270. La Madonna di Foligno. Raphael p. imp. fol.

Vor der Schrift, d. i. die Schrift gerissen und auf Chines. Papier.

Q. Mark.

271. Cleopatra zeigt dem Augustus die Büste Cäsars. P. Battoni p. qu. fol.

Vor der Schrift, d. i. mit den angelegten Künstlernamen und dem russ. Wappen. Bis zum Plattenrande beschnitten.

G. Marri.

272. Madonna di St. Onofrio in Rom. Leonardo da Vinci p. gr. qu. fol.

Sehr seltener Epreuve d'Artiste vor aller Schrift, vor dem Namen des Künstlers und dem Longhi's, unter dessen Leitung das Blatt gestochen wurde und der es auch vollendete.

273. St. Johannes als Kind in einer Landschaft liegend. H. Carracci p. qu. fol.

Vor aller Schrift, nur mit den klein gerissenen Künstlernamen. Von Longhi vollendet. Selten.

274. Francesco Berni. J. Longhi del. Medaillon. 4.

Vor der Schrift, d. i. mit Nadelschrift.

275. Nicolo Macchiavelli. J. Longhi del. Medaillon. 4.

Ebenso.

A. Martinet.

276. Maria in der Wüste mit dem Christkinde auf dem Schoosse. P. Delaroche p. fol.

Sehr seltener Epreuve d'Artiste vor aller Schrift, selbst vor den Künstlernamen, und auf Chines. Papier.

277. Die Brüsseler Schützengilde, den Grafen Egmont und Horn die letzten Ehren erweisend. L. Gallait p. gr. qu. fol.

Vor der Schrift, nur mit den gerissenen Künstlernamen.

R. U. Massard.

278. Die heilige Cäcilie. Raphael p. gr. fol.

Mit der ersten Adresse des Stechers. Mit wenig Plattenrand und fleckig.

279. Dasselbe Blatt.

Mit der einzeiligen halboffenen Unterschrift „Ste. Cecile", vor der Dedication und dem Wappen.

280. Dasselbe Blatt.

Vor der Schrift, nur mit den Künstlernamen. Mit wenig Plattenrand.

281. Homer. F. Gerard p. gr. fol.

Vor der Schrift, d. i. dieselbe mit der Nadel gerissen.

M. Mercoli und V. Freddi.

282. Madonna della Sedia. Raphael p. Rund gr. fol.

Vor der Schrift, d. h. nur mit den Künstlernamen.

P. Mercurj.

283. Sainte Amélie. P. Delaroche p. fol.

Schöner Abdruck mit nur einer Schriftzeile und vor dem Zusatze „Reine de Hongrie", und auf Chines. Papier.

284. Die Hinrichtung der Jane Gray. Idem p. qu. fol.

Vor der Schrift, nur mit den Künstlernamen und auf Chines. Papier.

M. Merz.

285. Die Zerstörung Jerusalems. W. Kaulbach p. qu. imp. fol.

Schöner Abdruck mit der Stahlnummer 446, auf Chines. Papier.

286. Dasselbe Blatt.

Abdruck vor der Schrift und vor dem Wappen, nur mit den gerissenen Künstlernamen und auf Chines. Papier.

R. Morghen.

287. Lot mit seinen Töchtern beim Untergange Sodoms. F. Guercino p. gr. qu. fol.

Alter Abdruck auf Linienpapier.

288. Madonna della Sedia. Raphael p. Rund roy. fol.

Mit der ersten Adresse von Pagni und Bardi. Bis über den Plattenrand beschnitten.

289. La Madonna del Granduca. Idem p. fol.

Vor aller Schrift, nur mit den Künstlernamen. Sehr selten.

290. Parce Somnum rumpere. Das schlafende Christkind von Maria bewacht. Tizian p. gr. qu. fol.

Vor der Schrift, d. i. mit einer Zeile in Nadelschrift. Schön und selten.

291. Sic Deus dilexit Mundum. Der stigmatisirte Christus. C. Dolce p. fol.

Vor der Schrift, d. i. mit Nadelschrift.

292. Christus, als Gärtner, erscheint der Maria Magdalena. (Noli me tangere.) F. Barocci p. gr. fol.

Vor der Schrift, d. i. die Dedication in Nadelschrift.

293. Dasselbe Blatt.

Sehr seltener Remarque-Abdruck vor aller Schrift, nur mit den Künstlernamen und „dem halbweiss gelassenen Rohre."

294. Die Transfiguration auf dem Berge Tabor. Raphael p. roy. fol.

Vor der Retouche und mit der Nummer 352, angeblich vom Künstler selbst mit Dinte bezeichnet: Trecento cinquantadue Raff. Morghen.

295. Dasselbe Blatt.

In äusserst seltenen und kostbaren Abdruck vor der Schrift, d. i. nur mit einer Zeile in Nadelschrift und den Namen der Künstler.

296. Das Abendmahl. Leonardo da Vinci p. qu. roy. fol.
Alter schöner und seltener Abdruck mit dem Comma.
297. Dasselbe Blatt.
In späterem Druck, das Comma ausradirt.
298. Das Reiterbildniss Moncada's. A. van Dyck p. roy. fol.
Seltener Abdruck vor der Schrift, d. i. die Dedication in Nadelschrift und mit dem Wappen. Etwas gebräunt.
299. Die Poesie. (Sappho.) Carlo Dolce p. fol.
Vor der Schrift, nur mit den gerissenen Künstlernamen und dem Wappen, und auf Chines. Papier.
300. Dasselbe Blatt.
Im seltenen Abdrucke vor der Schrift und vor dem Wappen, nur mit den gerissenen Künstlernamen.
301. Ariost. P. Ermini del. fol.
Sehr seltener Epreuve d'Artiste vor aller Schrift, selbst vor dem Stechernamen.
302. Michel Angelo Buonarroti's Brustbild. 4.
Seltener Epreuve d'Artiste vor aller Schrift, mit dem gerissenen Stechernamen.
303. Benvenuto Cellini. G. Vasari p. Medaillon. 4.
Vor der Schrift, d. i. mit Nadelschrift.
304. Ferdinand III. Grossherzog von Toscana. G. Ender p. 4.
Vor der Schrift, d. i. mit Nadelschrift.
305. Maria Ferdinanda, Prinzessin von Sachsen, Grossherzogin von Toscana. V. Gozzini del. 4.
Ebenso.
306. Fornarina. Raphael p. fol.
Seltener Abdruck vor der Schrift, d. i. mit einer Linie in Nadelschrift und dem Wappen.
307. Die Familie Holstein-Beck. A. Kauffmann p. gr. fol.
Vor der Schrift, nur mit den Künstlernamen und dem Wappen. Bis zum Plattenrande beschnitten.
308. Georg Jonas Mayer. J. Ettlinger p. fol.
Vor der Schrift, d. i. mit Nadelschrift.
309. Lorenzo di Medici. Kniestück. G. Vasari p. fol.
Ebenso.
310. Der Meister selbst. fol.
311. Napoleon im Krönungsornate. S. Tofanelli del. fol.
Seltener Abdruck vor der Schrift, d. i. mit Nadelschrift. Ausserhalb des Stiches zwei unterlegte Druckfalten.

312a. Dasselbe Blatt.

Im unvollendeten Probedrucke; der Mantel und die Halskrause noch in Contouren.

312b. Leonardo da Vinci. Se ipse p. fol.

Vor der Schrift, d. h. nur mit den Künstlernamen.

Raph. und Ant. Morghen.

313. Die Transfiguration. Raphael p. roy. fol.

Vor aller Schrift, nur mit den Künstlernamen. Bis zum Plattenrande beschnitten und aufgezogen.

J. G. von Müller. ●

314. Die heilige Catharina. Leonardo da Vinci p. fol. Andresen 22.

Früher Abdruck mit zwei Zeilen unausgefüllter Schrift.

315. Dasselbe Blatt.

Sämmtliche Schrift unausgefüllt.

316. Alexander übergiebt dem Apelles die Campaspe. G. Flinck p. gr. qu. fol. Andr. 31.

Vor aller Schrift, nur mit dem Wappen.

317. Die Schlacht bei Bunkershill. J. Trumbull p. qu. roy. fol. Andr. 32.

Sehr schöner Abdruck, nur mit dem Namen des Stechers in gerissener Schrift. Bis über den Stichrand beschnitten.
Vergleiche auch Clemens und Sharp.

318. Louis XVI. in stehender Figur im Krönungsornate. J. Duplessis p. roy. fol. Andr. 8.

Schöner Abdruck. Die erste Zeile der Schrift unausgefüllt.

319. Friedrich Leopold Graf Stolberg. J. C. Rincklake p. fol. Andr. 14.

Vor aller Schrift, nur mit den Künstlernamen.

320. Jerôme Napoleon, König von Westphalen. M. Kinson del. gr. fol. Andr. 4.

Die erste Schriftzeile unausgefüllt.

321. Dasselbe Blatt.

In äusserst seltenen ersten Abdruck vor aller Schrift.

322. Anton Graff, im Lehnstuhle sitzend und mit der Palette in der Hand. Se ipse p. fol. Andr. 3.

Mit Nadelschrift.

323. Dasselbe Blatt.

In Abdruck vor der Schrift, nur mit den gerissenen Künstlernamen. Etwas fleckig.

324. Die Büste des Achilles. Nach der Antike. F. Schubert del. fol.
Abdruck vor aller Schrift.

N. Outkin.
325. Die Communion des heil. Basilius. Cheboueff p. roy. fol.
Seltener Epreuve d'Artiste vor aller Schrift, selbst vor den Künstlernamen und auf Chines. Papier. Sehr selten.

J. Pavon.
326. Susanne im Bade. J. B. Santerre p. gr. fol.
Vor·aller Schrift, nur mit den klein gerissenen Künstlernamen.

327. Das Abendmahl. Leonardo da Vinci p. qu.imp.fol.
Vor aller Schrift, selbst vor den Künstlernamen.

328. Die Transfiguration. Raphael p. roy. fol.
Vor der Schrift, d. i. nur mit einer Zeile in Nadelschrift. Mit wenig Papierrand.

329. Dasselbe Blatt.
Vor aller Schrift, nur mit den gerissenen Künstlernamen.

A. Perfetti.
330. Madonna mit dem Kinde. E. Murillo p. Nach einem Gemälde der Florentiner Gallerie. fol.
Vor der Schrift, nur mit den gerissenen Künstlernamen und auf Chines. Papier.

331. Die Darstellung im Tempel. Fra Bartolommeo p. gr. fol.
Vor der Schrift, d. h. mit nur einer Linie in Nadelschrift.

332. Die Geburt der Maria. A. del Sarto p. gr. qu. fol.
Sehr schöner Abdruck vor der Schrift, nur mit den Künstlernamen und dem Wappen.

333. Dasselbe Blatt.
Unvollendeter Probedruck. Die Köpfe und Arme der fünf Frauen an der rechten Seite des Blattes erst in Contouren angelegt. Auf Chines. Papier.

334. Cosimo Medici. J. Carrucci da Pontormo p. fol.
Vor der Schrift, mit nur einer Linie in Nadelschrift. Etwas fleckig.

335. Sibylla. D. Dominichino p. 4.
Vor der Schrift, d. i. mit einer Zeile Nadelschrift.

336. Sibylla Persica. Guido Reni p. 4.
   Sehr schöner Abdruck vor der Schrift, selbst vor den Künstlernamen.
337. Dieselbe. F. Guercino p. gr. fol.
   Vor der Schrift, nur mit den gerissenen Künstlernamen und dem Wappen.
338. Dasselbe Blatt.
   In gleichem Abdruck und auf Chines. Papier.
339. Dasselbe Blatt.
   In seltenen Epreuve d'Artiste vor aller Schrift, selbst vor den Künstlernamen und dem Wappen, auf Chines. Papier.
340. Sibylla Cumaea. D. Dominichino p. gr. fol.
   Vor der Schrift, nur mit den gerissenen Künstlernamen und dem Wappen.
341. Sibylla Samia. F. Guercino p. gr. fol.
   Epreuve d'Artiste vor aller Schrift, selbst vor den Künstlernamen und dem Wappen.
342. Dasselbe Blatt.
   In gleichen, aber noch schöneren Abdruck auf Chines. Papier.
343. La Bella di Tiziano. Tizian p. gr. fol.
   Vor der Schrift, nur mit den Künstlernamen und dem Wappen.
344. Dasselbe Blatt.
   In sehr seltenen Remarque-Abdruck vor aller Schrift, vor den Künstlernamen und „mit der weissen Kette".

Pigeot und Lacour.
345. Le Menage hollandais. G. Dow p. roy. fol.
   Vor aller Schrift, nur mit den Künstlernamen. Seitenstück zu Claessen's Femme hydropique, Nr. 102.

Catarina Piotti-Pirola.
346. Die heilige Familie mit dem Lamm und St. Johannes. C. Procaccino p. Oval qu. fol.
   Vor der Schrift, nur mit den Künstlernamen.
347. Die Geburt Christi. B. Luini p. gr. fol.
   Vorzüglicher Abdruck vor aller Schrift, nur mit den klein gerissenen Künstlernamen.

Plee.
348. Carl VII. verabschiedet sich von Agnes Sorel. F. Richard p. fol.
   Vor der Schrift, d. i. mit Nadelschrift. Gegenstück zu Fauchery's Valentine von Mailand, Nr. 127.

C. A. Porporati.

349. Das Bad der Leda. A. Correggio p. gr. fol.
  Vor der Schrift, die Künstlernamen gerissen, und mit dem Wappen.

350. Le Coucher (die schlafen gehende, nackte Frau, vom Rücken gesehen). C. Vanloo p. gr. fol.
  Vor aller Schrift, selbst vor den Künstlernamen.

A. Raimbach.

351. The cut Finger. D. Wilkie p. qu. fol.
  Guter Abdruck, die Künstlernamen ausradirt und der Schriftrand weggeschnitten.

352. Distraining for Rent. Idem p. qu. roy. fol.
  Sehr schöner Abdruck vor der Schrift, d. h. mit Nadelschrift.

353. Blind-man's Buff. Idem p. qu. roy. fol.
  Vor der Schrift, d. i. mit Nadelschrift und mit dem Wappen und auf Chines. Papier. Sehr schön.

C. Rampoldi.

354. Giotto. J. Longhi del. Medaillon. 4.
  Vor der Schrift, d. i. mit Nadelschrift.

355. Lorenzo de' Medici. Idem del. Medaillon. 4.
  Ebenso.

356. Vittor. Pisani. T. Matteini del. Medaillon. 4.
  Ebenso.

L. Rausch.

357. Gegend bei Heidelberg. J. W. Schirmer p. Radirt. qu. fol.
  Vor der Schrift, nur mit den geritzten Künstlernamen und auf Chines. Papier.

358. Fischerleben an der Küste der Normandie. R. Jordan p. qu. fol.
  Vor der Schrift, nur mit dem klein geritzten Stechernamen.

A. Ricciani.

359. Galathea auf der Muschel von Nereiden umgeben. Raphael p. gr. fol.
  Vor der Schrift, d. i. nur mit einer Linie in Nadelschrift.

360. Priamus' Tod. P. Benvenuti p. qu. roy. fol.
  Vor aller Schrift, nur mit den klein gerissenen Künstlernamen. Bis zum Plattenrande beschnitten.

G. Rivera.

361. Christus am Oelberge. C. Dolce p. gr. fol.
Vor der Schrift, d. i. mit Nadelschrift.

J. H. Robinson.

362. Hüftbild des Kaiser Nicolaus in jüngeren Jahren. G. Dawe p. gr. fol.
Vor aller Schrift, nur mit den klein geritzten Künstlernamen und auf Chines. Papier.

363. Kniestück der Königin Victoria von England. J. Partridge p. gr. fol.
Vorzüglicher Abdruck vor der Schrift, nur mit den Künstlernamen und auf Chines. Papier.

C. della Rocca (Dellarocca).

364. Die Anbetung des Christuskindes durch die drei Könige. B. Luini p. roy. fol.
Vor der Schrift, d. i. die Dedication in Nadelschrift.

365. Dasselbe Blatt.
In seltenen Epreuve de Remarque, vor der Inschrift, vor den Künstlernamen und mit der weissen Bandrolle des Engelchors. Aufgezogen.

366. Alciati. J. Longhi del. Medaillon. 4.
Vor der Schrift, d. i. mit Nadelschrift.

F. Rosaspina.

367. Der Evangelist Johannes, die Offenbarung schreibend. A. Correggio p. qu. fol.
In seltenen Epreuve d'Artiste vor aller Schrift, selbst vor den beiden Künstlernamen. Fast bis zum Plattenrande beschnitten.

368. Ulysses Aldrovandi. Medaillon. 4.
Vor der Schrift, d. i. mit Nadelschrift. Mit unbeschnittenem Rande.

369. Raimondo Montecuccoli. Medaillon. 4.
Ebenso.

370. Marcantonio Raimondi. Raphael p. Medaillon. 4.
Ebenso.

E. Ruhierre.

371. Ariost, von Räubern angefallen, durch das Manuscript seines rasenden Roland erkannt. J. B. Mauzaisse. p. qu. roy. fol.
Vor der Schrift, nur mit den Künstlernamen.

H. Sachs.

372. Salvator Rosa.   Gütelbild.   S. Rosa p. fol.
*Epreuve d'Artiste vor der Schrift, nur mit dem ge-
ritzten Stechernamen und auf Chines. Papier.*

J. Saunders.

373. La Madonna della Misericordia.   Fra Bartolommeo
p. roy. fol.
*Seltener Epreuve de Remarque dieses theils gestochenen,
theils radirten Blattes, vor der Schrift, nur mit den ge-
punkteten Künstlernamen, mit der weissen Tablette des
Wappens und vor Reinigung des Plattenrandes.*

E. Schaeffer.

374 Madonna della Sedia.   Raphael p. gr. fol.
*Vor der Schrift, nur mit den gerissenen Künstlernamen
und der Nr. 69 und auf Chines. Papier.*

N. Schiavoni.

375. Galileo Galilei.   D. Tintoretto p. Medaillon.   4.
Vor der Schrift, d. i. mit Nadelschrift.

J. Schmutzer.

376. St. Ambrosius verweigert dem Kaiser Theodosius den
Eintritt in die Kirche. P. P. Rubens p. gr. fol.
*Vor der Schrift, nur mit den geritzten Künstlernamen
und dem Wappen.   Ueber den Plattenrand beschnitten
und an 4 Stellen, kleiner Einrisse wegen, ausgebessert.*

377. Adler im Kampfe mit Schlangen und einem Wolfe. F.
Snyders p. gr. qu. fol.
*Seltener Epreuve d'Artiste vor aller Schrift und dem
Wappen, selbst vor den Künstlernamen.*

378. Steinböcke von Luchsen verfolgt. C. Ruthardt p.
gr. qu. fol.
Gegenstück zum Vorigen und ebenso.

C. L. Schuler.

379. Christuskopf im Profil.   4.
*Vor der Schrift, nur mit den Künstlernamen und auf
Chines. Papier.*

380. Sta. Maria mit gefalteten Händen. A. Dürer p. fol.
*Abdruck vor der Schrift, die Künstlernamen mit der
Nadel gerissen.*

381. Die Nonne von Orvieto. Ph. van Brée p. gr. qu. fol
Vor der Schrift, nur mit den Künstlernamen.

C. G. Schultze.

382. Die büssende Magdalena in der Felsenhöhle. P. Battoni p. qu. fol.
Nicht ganz vollendeter Probedruck.

G. Scotto.

383. Christoforo Colombo. G. Costa del. Medaillon. 4.
Vor der Schrift, d. i. mit Nadelschrift.

384. Aldo Manuzio. J. Longhi del. Medaillon. 4.
Ebenso.

W. Sharp.

385. Die heilige Familie. J. Reynolds p. gr. fol.
Seltener Abdruck vor der Schrift, nur mit den klein geritzten Künstlernamen. Sehr schön.

386. Die heilige Cäcilie. D. Dominichino p. gr. fol.
Schöner Abdruck vor der Schrift, d. i. der Name mit Nadelschrift, vor dem Zusatze „Santa" und mit der Jahreszahl 1790, die später in 1791 verändert wurde. Sehr selten.

387. Sortie of Gibraltar. J. Trumbull p. qu. roy. fol.
Vorzüglicher Abdruck vor der Schrift, nur mit den gerissenen Künstlernamen.
Vergleiche Clemens und Müller.

388. George, Prince of Wales. R. Cosway p. 4.
Ein seltenes Hauptblatt vor der Schrift, d. i. mit Nadelschrift. Bis über den Plattenrand beschnitten.

389. William Sharp. G. F. Joseph p. fol.
Vor der Schrift, d. h. mit Nadelschrift.

390. John Hyde. Kniestück. R. Home p. gr. fol.
Sehr schöner Abdruck vor der Schrift, d. h. mit Nadelschrift.

J. K. Sherwin.

391. Die heilige Familie mit St. Johannes und dem Lamm. N. Beretoni p. qu. fol.
Vor der Schrift, d. i. nur mit den Künstlernamen.

A. V. Sixdeniers.

392. Raphael auf dem Todtenbette die letzten Ehren erwiesen. N. Bergeret p. qu. roy. fol.
Sehr schöner Abdruck vor der Schrift, d. i. mit einer Linie in Nadelschrift.

M. Steinla.

393. Die Sixtinische Madonna.　Raphael p.　roy. fol.

Vor der Schrift, d. i. mit offener Schrift, mit des Verlegers erster Adresse und auf Chines. Papier.

394. Der Kindermord.　Raphael p.　qu. fol.

Vor der Schrift, nur mit den Künstlernamen und auf Chines. Papier.

395. Die Grablegung Christi (la Pieta).　Fra Bartolommeo p.　qu. fol.

Vor der Schrift, d. i. nur mit den gerissenen Künstlernamen.

396. Dasselbe Blatt.

In sehr seltenen Epreuve d'Artiste, vor aller Schrift und mit der handschriftlichen Widmung des Druckers Bardi an Colnaghi.

J. Steinmüller.

397. Maria mit dem Kinde und dem heiligen Johannes, oder die Madonna im Grünen.　Raphael p.　gr. fol.

Epreuve d'Artiste vor aller Schrift, selbst vor dem Stechernamen.　Sehr schön.

R. Strange.

398. Die Verkündigung der Maria.　Guido Reni p.　gr. fol.　Le Blanc 6.*)

Vor der Schrift.　Sehr schön und selten.

399. Apotheose der Prinzen Octav und Alfred von England. B. West p.　gr. fol.　Le Bl. 50.

Vor der Schrift, aber fast bis zum Plattenrande beschnitten und aufgezogen.

400. Henriette Maria von Frankreich, Gemahlin Carl I. von England, mit ihren Kindern.　A. van Dyck p.　gr. fol. Le Bl. 48.

Vor der Schrift.　Unten bis zum Plattenrand beschnitten.

A. Teichel.

401. Friedrich II. als Kind.　fol.

Epreuve d'Artiste vor aller Schrift.　Seltenes, nie in Handel gekommenes Blatt, zu den Werken Friedrich des Grossen gehörig.

---

*) Catalogue de l'Oeuvre de R. Strange, par C. Le Blanc. Leipzig 1848.

402. Friedrich August, Prinz von Preussen, Bruder Friedrich's II. fol.
Ebenso.

403. Johanna von Aragonien. Raphael p. Rund 4.
Vor der Schrift, d. i. vor den Künstlernamen.

404. Mona Lisa (la Gioconda). Leonardo da Vinci p.
Rund 4.
Ebenso.

405. Mädchen von der Insel Procida. L. Robert p. fol.
*Vor der Schrift, nur mit den gerissenen Künstlernamen
und auf Chines. Papier.' Sehr schön.*

D. Testi.

406. Maria Antonia, Grossherzogin von Toscana. Bez-
zuoli p. fol.
*Vor der Schrift, d. i. mit einer Zeile Unterschrift,
mit der Nadel gerissen.*

G. Tomba.

407. Die Zeichenschule Rosaspina's. F. Giani del. Radirt.
qu. fol.
Vor der Schrift, d. i. nur mit den Künstlernamen.

408. Torricelli. Medaillon. 4.
Vor der Schrift, d. i. mit Nadelschrift.

P. Toschi.

409. Madonna della Tenda. Raphael p. fol.
*Vorzüglicher Abdruck vor der Schrift, d. h. mit einer
Zeile Nadelschrift.*

410. Madonna della Scodella, oder die Ruhe in Egypten.
A. Correggio p. roy. fol.
*Vor der Schrift, d. i. dieselbe mit der Nadel geris-
sen. Sehr selten.*

411. Dasselbe Blatt.
*In sehr seltenen Remarque-Abdruck vor aller Schrift,
vor den Künstlernamen, und „mit den kleinen weissen
Blumen" vorn rechts.*

412. La Discesa della Croce. Die Abnehmung vom Kreuz.
Daniello da Volterra p. roy. fol.
Vor der Schrift, d. i. blos mit einer Zeile Nadelschrift.

413. Dasselbe Blatt.
*In seltenem Remarque-Abdrucke vor aller Schrift, vor
den Künstlernamen, und „mit der weiss gehaltenen Stelle*

am Kreuze." Auf dem Blatte befindet sich Toschi's Autograph in Bleistift.

414. Dasselbe Blatt.

In Probedruck der nicht ganz vollendeten Platte. Die Plattenränder voll Grabstichelversuche.

415. Lo Spasimo di Sicilia, oder die Kreuztragung. Raphael p. roy. fol.

Schöner Abdruck mit dem Namen des ersten Druckers Bardi.

416. Dasselbe Blatt.

Vor der Schrift, d. i. blos mit einer Zeile Nadelschrift. Sehr schön.

417. Dasselbe Blatt.

In fast vollendetem Probe-Abdruck vor der letzten Ueberarbeitung der Hände des Christus etc. Bis zum Plattenrand beschnitten.

418. Carl Albert, König von Sardinien. zu Pferde bei einer Revue. H. Vernet p. roy. fol.

Remarque-Abdruck vor aller Schrift, vor den Künstlernamen und der vom Stecher weiss gehaltenen Nasenspitze. Mit Grabstichelversuchen im Rande.

419. Leopold II., Grossherzog von Toscana. E. Eichens del. fol.

Vor aller Schrift, nur mit den klein geritzten Künstlernamen. Das Blatt trägt die handschriftliche Widmung Bardi's an M. Steinla.

L. Travalloni.

420. Galileo Galilei. J. Sustermans p. fol.

Vor der Schrift, nur mit den Künstlernamen, und auf Chines. Papier.

R. Trossin.

421. Jephta's Tochter von ihren Gespielinnen getröstet. A. v. Klöber p. qu. fol.

Vorzüglicher Abdruck vor aller Schrift, nur mit dem geritzten Stechernamen.

J. C. Ulmer.

422. Die heilige Cäcilie, die Harfe spielend. P. Mignard p. gr. fol.

Sehr schöner Abdruck vor der Schrift, d. i. die Unterschrift mit der Nadel gerissen. Ohne Plattenrand und aufgezogen.

423. Ludwig, Grossherzog von Hessen und bei Rhein. F. H. Müller p. fol.

Vor der Schrift, d. i. mit Nadelschrift.

F. Vendramini.

424. Die Marter des heiligen Petrus Martyr. Nach Tizian's berühmtem Bilde der Chiesa di S. Giovanni ed Paolo in Venedig. roy. fol.

Vor der Schrift, d. i. mit Nadelschrift.

425. Dasselbe Blatt.

In gleichem Abdrucke und auf Chines. Papier.

426. Dasselbe Blatt.

In noch vorzüglicherem Abdruck vor der Schrift, nur mit den Künstlernamen, und auf Chines. Papier.

G. Vendramini.

427. St. Sebastian und St. Irene. G. Spagnoletto p. gr. fol.

Vor der Schrift, d. i. mit Nadelschrift.

G. Volpato.

428. Aurora. F. Guercino p. qu. roy. fol.

Vor der Schrift, d. i. mit Nadelschrift. Sehr schön und selten. Im Rand unten etwas brüchig.

A. Wachsmann.

429. Die Ehebrecherin vor Christus. Sebastian del Piombo p. gr. qu. fol.

Vor der Schrift, d. i. mit einer Zeile in Nadelschrift und dem Wappen.

F. Wagner.

420. Die Madonna mit dem Schleier. Raphael p. gr. fol.

Vor aller Schrift, nur mit den gerissenen Künstlernamen und auf Chines. Papier.

J. G. Wille.

431. Hagar, dem Abraham durch Sara vorgestellt. C. W. E. Dietrich p. qu. fol. Le Bl. 1.*)

Erster Abdruck vor aller Schrift und vor dem Wappen. Sehr schön und selten.

432. Der Tod des Marc-Anton. P. Battoni p. qu. fol. Le Bl. 4.

Vor aller Schrift, nur mit dem Wappen. Bis zum Plattenrand beschnitten.

---

*) Catalogue de l'Oeuvre de J. G. Wille, par Ch. Le Blanc. Leipzig 1847.

133. Les bons Amis.   A. van Ostade p.   Le Bl. 56.
Vor aller Schrift und vor dem vollendeten Wappen, sehr selten. Diese Abdrucksgattung fehlt Le Blanc. Ohne Plattenrand.

434. Die Tante Gerard Dow's.   G. Dow p.   fol.   Le Bl. 60.
Abdruck vor der Schrift, nur mit den geritzten Künstlernamen und dem Wappen, jedoch mit der Krone. Selten.

435. Dasselbe Blatt.
Vor aller Schrift und vor dem Wappen. Fast einzig.

436. Der Schweizer-Grenadier.   J. G. Wille del.   fol.   Le Bl. 86.
Vor der Schrift, aber mit dem geritzten Stechernamen und dem Wappen. Selten.

437. Le Maréchal des Logis.   P. A. Wille del.   gr. fol·   Le Bl. 14.
Mit dem Titel und dem Wappen, aber vor der Dedication.

W. Woollett.

438. Morning.   H. Swanefeld p.   gr. qu. fol.
Abdruck vor der Schrift, d. h. nur mit einer Zeile Nadelschrift. Gewaschen.

439. Evening.   Idem p.   gr. qu. fol.
Ebenso.

440. Die grosse Brücke, oder Jacob und Laban.   Claude Lorrain p.   qu. roy. fol.
Sehr schöner Abdruck vor der Schrift, nur mit den geritzten Künstlernamen und dem Wappen.

441. Diana und Actaeon.   F. Lauri p.   qu. fol.
Vor der Schrift, nur mit den gerissenen Künstlernamen und dem Wappen.

442. Apollo and the Seasons.   Wilson und Mortimer p.   qu. gr. fol.
Schöner Abdruck vor der Schrift, nur mit den geritzten Künstlernamen.

443. Roman edifices in Ruins.   Claude Lorrain p.   gr. qu. fol.
Vor der Schrift, nur mit den gerissenen Künstlernamen und dem Wappen. Gewaschen.

F. Zuliani.

444. Paolo Manuzio. J. Longhi del. Medaillon. 4.
Vor der Schrift, d. i. mit Nadelschrift.

445. Marco Polo. T. Matteini del. Medaillon. 4.
Ebenso.

ANZEIGEN.

Im Verlage von **Rudolph Weigel** in Leipzig erschien:

Die deutschen Maler-Radirer (Peintres-Graveurs) des neun-zehnten Jahrhunderts nach ihren Leben und Werken. Bearbeitet von Dr. A. A n d r e s e n. I. Band, 1. und 2. Hälfte (enth. J. A. Koch, J. M. v. Wagner, Haach, F. Berthold, Dahl, Sprosse, Kobell, Heinel, Joh. Chr. Reinhart u. A.). gr. 8. à $1^1/_3$ Thlr.

Der deutsche Peintre-Graveur oder **die deutschen Maler als Kupferstecher** nach ihrem Leben und Werken, von der Mitte des 16. Jahrh. bis zum Schluss des 18. Jahrhunderts, und im Anschluss an Bartsch's Peintre-Graveur, an Robert-Dumesnil's und Prosper de Baudicour's Peintre-Graveur Français. Von Dr. A. A n d r e s e n, unter Mitwirkung von R u d. W e i g e l. I—III. Band. gr. 8. à 3 Thlr.

Rud. Weigel's Kunstlager-Catalog, 35. (Schluss-) Abtheilung. Nebst Vorwort und einem General-Register über alle 35 Abtheilungen (fünf Bände). VI u. 318 S. $1^3/_4$ Thlr.

Beiträge zur Lebensgeschichte des Malers Jacob Asmus Carstens. Von R i c h a r d Schöne. (Sep.-Abdr. aus dem Archiv f. d. zeichn. Künste. 12. Jahrg.) 34 S. 10 Ngr.

Die historischen Quellen und Verhandlungen über die Holbein'sche Madonna. Monographisch zusammengestellt und discutirt von Prof. G. Th. F e c h n e r. Sep.-Abdr. aus dem Archiv.) 74 S. 18 Ngr.